ぜいたくな あさ

Grasse matinée

白鳥 博康
Hiroyasu Shiratori

Illustration
もとやま まさこ
Masako Motoyama

銀の鈴社

TABLE

ソルベの あおい つき
Toccata
4

たくさんの みずが ながれて
Imparfait
16

ひるさがりのポモドーロ
Grasse matinée
28

おもいでのカラメリゼ
Goutte d'eau, et...
40

バゲットの ある くらし
La dolce vita
52

おわらないテルミドール
Calendrier républicain
64

みつの しずくの ともしび
Lumière de miel
82

ムーラン・ア・カフェ
Ligne de partage des eaux
100

ソルベの あおい つき

Toccata

わぎりの　トマトの

きりくちの

月やけした　はだの

とけそうな　ジェラートの

連弾の　ための

はまべの　クジラの

さきこぼれる　ミモザの

みちひく　しおの

おびなりの

かぞえきれない　アティチュードの

けだかき　こころの

みちびく　ための

いきづかい

ミナレット

ミナレットの
ドレスコードは
3拍子の　ソワレ

ひたいに　まるい月が
かかるのを　よしとします

《こころの　ゆらぎを　たいせつになさい》

4分の3拍子の　いましめ

ヒールの
たかさに
かたむいた
天球儀に
かけられた
キャットウォークに

かたあし

で

たち

そのまま

跳躍

そこ

こそ

先端

ミナレット

おりとめて

"Words, words, words…"

先生が つぶやかれたのを 私は ききのがさなかった

よみさしの 本は どこへ?

私は なにを よんで いたのでしょうか?

《チューリップの ちいさな 王女さまが
　　　　　　なんて おっしゃったか しっている》

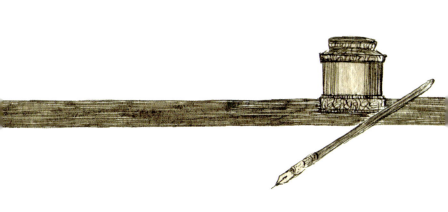

くちびるは　みたび　ふれて

きいろい　カーネーションは
先生の　コサージュ　だったでしょうか？

のどは　みたび　なみうち

私は　むねの　リボンを　おりかえしたでしょうか？

ソルベの惑星　月の図書館

スクープは
おもむろに
ひっかく
いてついた
ソルベの惑星

まなこ　の　はてしなく
あおくなる　あさ
ウシャンカの　みみあてを
とおして　きこえてくる
なきごえは　どこから？

　　　　　　　　　ソルベは　とても　おおきくて
　　　　　　　　　けずられても　へらないから
　　　　　　　　　いびつな　クレーターに
　　　　　　　　　ときどき　あし　を　とられる

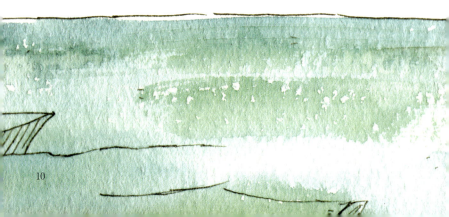

いぬ の はいった まるいたまが
あたまの うえを
また
ひとつ
とおり すぎて
その
め は
くろく みひらかれていた

《ためいきが　こおりつく
　そんなとき
　月に　いたことを　おもいだしてしまいます》

きいろい　ほしぼしの　あかりは
図書館の　まど　から　しろく　さしこみ

おわりのない　たなの　あいだを
いきつ　もどりつ
きまぐれに　本を　ぬきだしては
ながめて　よんで　もとに　もどす

まばらな　ひとかげ
ささやき　と　かすかな　あしおと

「(ねんどの　いたは　本なのかしら？)」

「(くつしたを　くびに　まいたまま
　　　　　　こおりついたかたの　本はどこ？)」

ふと て に とる
いつかの ことばで つづられた 本から
はらりと おちた
紙きれに やわらかな ふであと

"ベアトリーチェを 9年 まった"

《あのひとは いまも
 ひえびえした あかりの もと
 すきでもない 『水鏡』を
 ながめて いるのでしょうか？》

"月へ 出発 いたします"

みなと に ひびく こえ は
いまよう の ふなのり たち

"おのりおくれの ありませんように"

わたしは まだ きめかねている

ひえきった　かかとが
クレーターに　ひっかかると
ためいきも　こおりつく

わたしは　まだ　きめかねている

《てぶくろの　なかで
　かたまった　こゆびを
　いつまでも　にぎりしめていました》

たくさんの みずが ながれて

Imparfait

"ほんとうに……　たくさんの　みずが　ながれてしまったわ……"
彼女は　め　を　とじた　まま　ちいさな　こえで　いった

"あら　ヴォルガも　ラインも　ローヌも
　まだ　ながれつづけているわ"

　　　　　　　　私は　そう　いってしまうと
　　　　　　　　ボトルの　なかの
　　　　　　　　琥珀色の　スタルカを
　　　　　　　　ちいさなコップに
　　　　　　　　すべてそそいで　のみほした

　　　　　　　《　たくさんの　みずが　ながれて
　　　　　　　　　　　　おおくの　みずが　ながれて　》

"いま…… テアトルでは なにが かかっているの？"
"ちいさな人魚 の おはなし だったかしら"
"そう…… ちかごろは そんな おはなし ばかりね……"
"シネマが いいわ シネマに いきましょうよ"

　　　彼女は め を とじた まま なにも いわなかった

あおい おさら に
桃 と フロマージュ
シャルロートカ
オレンジの あまにがい サヴァラン

たくさんの みずが ながれて
たくさんの みずに ながされてしまって

"ヴィオロンは……
　としを とると ヴィオラに なるのよね
　だから
　私の ヴィオロンが……
　ヴィオラに なるのを みていて ほしいの"

私は まどの そとを みた まま なにも いわなかった
雲が ひくくて 雪が ふりそう

《 ヴィオロンが ヴィオラに ヴィオロンが ヴィオラに 》

"ねぇ！　おきて！　雪が　あんなに　つもって！"

"……あなた……おきても　だいじょうぶなの……？"

"えぇ！　もう　すっかり
　うそみたいに　よくなったわ！
　さぁ　なにしてるの　でかけましょうよ！"

彼女は　そう　いうと
さっさと　寝室から　でていってしまった

私は　おどろきながら　いそいで　コートをはおると
ブーツをはいて　彼女を　おいかけ　そとにでた

ちいさな　いえ　くらい　ある　広場の　石像も
テアトルの　たかいやねに　そびえる　アポロンも
みわたすかぎり　雪に　おおわれてしまった

"まるで　遺跡ね
　みんな　あしもとに　うもれてしまって"

"それは　私たちが　いま　を
　いきてるって　あかしじゃない！
　つぎは　おかの　うえから　ソリすべりよ！"

彼女は　そう　いうと
どこかから　もってきた　ソリを　ひっぱりながら
できたばかりの　雪山を　のぼり　はじめていた

雪の　たまを　なげあったり
雪の　うえを　ころげまわったり

"あぁ　なんて　たのしいの！
　こころ　まで　白くなってしまいそう！"

"私の　おなかは　もう　まっ白！
　なにか　たべにいきましょうよ！"

彼女は　そう　いうと
雪に　うもれた　街へ　むかって　いった

私たちが　雪道を　しばらく　あるいていると
交差点の　かどの　カフェは　あかりを　つけていた

"こんにちは　おじょうさんがた！
　きょうは　とても　いい　お天気ですね！"

暖炉の　そばの　テーブルに　とおされると
デジュネの　カルテが　め　に　はいり
"キッシュ・ロレーヌ！！"
私たちの　こえが　そろった

"かしこまりました
　そして　これは　わたくしどもの
　サービスで　ございます"

ギャルソンは　そう　いうと
サアブルで　みどりいろの　ボトルの
くびを　ボン　と　きりおとした

"おお　マイルスの　ラッパの
　　　　　　　　ひびきも　かくや"

ギャルソンは　そう　いうと
フルートグラスに
黄金色の　シャンパンを　そそいだ

デセールは あおい おさらに
桃 と フロマージュ

なみなみ グラスを みたす 白ワインは
ゆるい アーチを えがき ふれただけで こぼれてしまいそう

"エントランスに お荷物が とどいております"

ギャルソンは うやうやしく 彼女に あたまを さげた

彼女は 私に ほほえむと
すぐに まじめな かおになって
なにも いわず たちあがった

《 ヴォルガも ラインも ローヌも 》

エントランスには
トナカイの ひく おおきな ソリが とまっていて
トナカイは 彼女を みると
ソリを のこして どこかに いってしまった

ソリには ビロウドの おおいが かけられていて
V・W と 彼女の モノグラムが
うつくしく 刺繍されていた

彼女が　ビロウドの　おおいを　とると
たくさんの　楽譜が　たかく　たかく　つまれていた

"これは　まだ　ひつようね……"
そう　つぶやきながら
楽譜の　やま　から　彼女が　ぬきとったのは
私たちが　ちいさい　ころ
つかっていた　ソルフェージュ　だった

"いやよ！
ヴィオロンは　ヴィオラになんて　ならないわ！
いつまで　たっても　ヴィオロンの　ままよ！！"

私は　ちからの　かぎり　さけんだ　けれど
なみだが　ながれて　うまく　ことばに　ならない

彼女は　私の　め　を　みた　まま
　　　　　　　　なにも　いわなかった

私は　雪の　うえに　くずおれて　しまった

彼女は　マッチを　すると　楽譜の　やまに　ちかづけた

いちまいの　楽譜に　火が　つくと
たちまち　もえ　ひろがって
おおきな　ソリも　ビロウドの　おおいも
あかい　ほのおに　つつまれて　しまった

"ヴィオロンは
としを　とると
ヴィオラに　なるのよ
だから
私の　ヴィオロンが
ヴィオラに　なるのを
みていて　ほしいの"

彼女は　め　を　とじた　まま　そう　いうと
もえさかる　ほのおの　なかへ　むかっていった

たかく たかく 火ばしらが たった

白い 雪の うえの
あかい ほのおは
白い けむりに なると
白い 雲の ところまで
たかく たかく のぼり はじめた

たくさんの みずは ながれつづけている

ヴォルガも ラインも ローヌも まだ……

ひるさがりのポモドーロ

Grasse matinée

わたしは　あげたまねぎが　すき

わたしは　たまねぎが　おいしいから　すき

わたしは　あげタマネギが　すき

たまねぎが　すき　たまねぎが　すき

すすみましょう　はらからたち

すすみましょう　はらからたち

すすみましょう　すすみましょう　すすみましょう

すすみましょう　はらからたち

すすみましょう　はらからたち

すすみましょう　すすみましょう　すすみましょう

「たまねぎのうた」
"Chanson de l'oignon"

07：00　ベルリン発

ニース行きの　列車は
ベルリン　ハウプトバンホフを
すべり　はじめました

"切符を　拝見いたします"

女の人が　いいました

"バグダッドまで　よい旅を"

バグダッド？
きっと　私が　きき　まちがえたのでしょう
だって　列車は
こんなに　しずかに　すべっているんですもの

となりの　席の　男の人の　新聞が
私の　め　に　とまりました

東京は　雨　　　　アンカレッジは　雨
ニューヨークは　雨　　　モスクワは　雨
香港は　雨　　　　ガーナは　雨
バルセロナは　雨　　　イスタンブールは　雨
カイロは　雨　　　ウィーンは　雨

では　ニースは？

"しりたいことは　いつだって　かかれていないものです"

私が　食堂車に　あしを　ふみいれると
みんな　テーブルの　うえや　したで
いぬを　はこ　に　いれたり
ひとを　つつ　に　いれたりして
うまくいくと　なみだを　ながしていました

私は　おかしくて　おかしくて　わらいが　とまりません

あたまの　うえの　モーゼルワイン

ほそいボトルの　なんと芸術的な　たたずまい

《白い　血液》　なんて詩的な　いいまわし

私は　おかしくて　おかしくて　わらいが　とまりません
私は　おかしくて　おかしくて　なみだが　とまりません

私たちは　ただ　すわっている　だけで
列車は　きっと
きらめく　海の　はまべ　まで　はこんでくれることでしょう

ひるさがりのポモドーロ

グラッパほどに
すきとおったシーツが
わたしを　はなさない　あさ

キッチンの　ラジオは
宮殿の　うごきを　つたえ

《……あたらしい……内閣……》
《……あたらしい……大臣……》
《……あたらしい……政策……》

いつもと
かわらない
なみの　ね

あせをかいた　グラス

フライパンにのこっている
サルサ・ディ・ポモドーロ

だれも　あるいていない
うみぞいの　みち

《……ヴィーヴァ………ヴィーヴァ……》

はやくちな　アナウンサーの
ことばが　とても　ききとりづらい

くたくたの
ナス と ズッキーニ

フライパンの サルサは
ちいさな
おさらに うつして
フライパンは あらわなければ

つかった おさら
つかった フォーク
つかった フライパン

あらわれなければならないものたち

ゆらゆら ただよう はなきりばさみ

みみもとに ただよう
こげそうな ローズマリーの かおり

　　　　グラッパほどに
　　　　すきとおったシーツから
　　　　ぬけだせるのは
　　　　　まだ もうすこし かかりそう

マルメロの　たね

彼女は　ふかく　ふかく　ためいきを　ついた

ただ　ひらかれた　ひとみに　うつる
かけることの　ない　しろい月

わたしは　かるくなってしまった
彼女の　からだを
はごろも　に　くるむと　しずかに　だきあげた

《もう　ペンギンに　なってしまいそう》

はまべの　イルカたちは　ささやき　つづけている

うでの　なかの　彼女は
新月の　あかりを　うけると
黄金のマルメロに　なってしまい
ちいさな　イルカの　はなさきが
マルメロを　たかく　たかく　はねとばした

月に　あたった　マルメロの
くだけちる
ちらばる
たね
たね
たね

《わたくしたちの　いつも　みている
　ながれぼし　の　はじまりは
　この　マルメロ　の　たね　だと　きいたことがあります》

"(なにしてるの！　ベルナデット　でばんよ！)"

はっとして　舞台を　みると
ひとびとが　わたしを　さがしている　ところ　だった

あわてて　そで　から　舞台の　まんなか　まで　あるく

"「私は　みたのです……」"

セリフの　なかば　ふっと　照明が　おちた

《どうして？　台本に　ないわ！？》

なにも　みえない　舞台の　うえ　で
だれかが　わたしの　て　を
そっと　やわらかく　やさしく　にぎりしめた

その　て　は　とても　あたたかくて
おもわず　わたしは　め　を　とじた

かすかに　ひびく　ろうそくの
もえる　おとで　め　が　さめた

しずかな　ひろがりの
かすかな　けはいに　かおを　むけると
おおきな弓　を　もった
おんなのひと　が　すわっている

《あなたは　だれ？　ここは　どこ？》

のどもと　まで　でた　ことばを
のみこんで　しまわなければ　いけない　きがした

"弓 は こころ で ひくのです"

彼女は そういうと ろうそくを ふきけして しまった

かすかな きぬずれ

弓 に 矢 を つがえる おと

きりきり きりきり

しゅっ

たぁん

ほうっ と まわりが まぶしくなって
わたしは ぎゅっと め を とじた

.
.
.

"オリーブオイルは たっぷり いれてね"

"マダム ニンニクの みじんぎりは これでいいの?"

"はじめてにしては よくできたわ
　それと もう マダムなんて よばなくて いいのよ"

"はい マダム
　火の つよさは これくらい?"

"あぁ……
　それから アサリの のった おさらを とってもらえる?"

"マダム このアサリたち いきてる!"

"ええ しんでしまった貝は たべられないの"

"いきたまま 料理するなんて かわいそうだわ"

"まぁ まぁ あなたは なんて やさしいのでしょう
　おおきくなったら 修道院にでも はいってしまうのかしら……"

"パセリ　とても　いい　かおり！"

"さて　料理で　いちばん　たいせつなことは　なんだとおもう？"

"……たべるひとの　ことを　おもう　こと？"

"それも　たいせつね
　でも　わたしが　おもう
　いちばん　たいせつなことは　たのしんで　つくることよ
　どんな　ときも　どんな　とき　でも　たのしんで　つくるの"

"つまらない　料理なんて　あるのかしら？"

"さぁ……それは　あなたが　きめることよ……"

たちのぼる　白ワインの　かおりに
おもわず　わたしは　め　を　とじた

レコードに　針の　おちる　おとがして　め　が　さめた

《ここは　どこ？》

ふい　に　うしろから　うで　を　ひっぱられた

"Hola! Tanto tiempo! Que tal?
　（しずかに　しゃべらないで　このまま　いっしょに　あるいて)"

わたしたちが　あるきだした　とき
わたしの　せすじが　こおりついた

そっと　うしろに　め　を　やると
くろい　キャスケットの　おとこのひとが　こちらを　みている

《なんて　つめたい　ひとみ》

でも

だれか　が

もしかしたら

わたし　が

あのひとに　ふれなければ　ならない　き　が　して

でも

わたしたちは　あしばやに　広場を　ぬけた

いりくんだ みち を せきたてられ め が まわりそう
(あたたかな て は たしかに そこにあった)

かみなりのような おとが どろどろ からだを ふるわせると
おおぜいの ひとが あふれでて おしあいだし
わたしたちは ひきはなされ あれくるう かわ に なげだされたよう

"ここに いたぞ！！"
"うらぎりものだ！！"
"くびを おとせ！！"

熱狂！ 熱狂！ 熱狂！

断頭台に ひきたてられていくのは……しばられた 彼女！

"さぁ ころしなさい！ わたしを ころして どうなりましょう？"

《たすけなければ たすけなければ！》

ひとなみに もがくほど むねがつぶされ いきが できない

《たすけなければ たすけなければ！》

うんと うでを のばすと

おおきなこえが はじけて

めのまえが まっくらになった

しおの　かおりで　め　が　さめた

となりに　彼女が　すわっている

"ぶじだったのね！？　ごめんなさい　わたし……"

"わたしは　へいきよ
　あなたが　たすけてくれたから"

とおくから　おんなのこ　が　ふえ　を　ふきながら　あるいてくる
その　うしろに　つづく　たくさんの　ひとが　わ　をつくる

"さぁ　おどりましょう！"

彼女は わたしの て を とると わ のなかに みちびいてくれた

ラッパ に たいこ の カルナヴァル
うれしさ と たのしさ に
こころ が とけてしまうのを こらえながら 彼女に きいた

"ねぇ あなたは だれ？"

みんなが どっと わらいだした
彼女は わたしの みみもとに かおを よせると

"あら いってなかったかしら
　　　　　　　わたしは……"

"(なにしてるの！ ベルナデット でばんよ！)"

はっとして 舞台を みると ひとびとが
わたしを さがしている ところ だった

たった まま うとうと するなんて

あわてて そで から 舞台の まんなか まで あるく

"「私は みたのです あの 岩の うえに」"

つくりもの　の

いわ　へ

かお　を　むける　と

その　うえ　に

たしかに

彼女は

わらっていた

バゲットの ある くらし

La dolce vita

　　　　　私は　黒パンを
　　　　　きりわける
　　　　　（おもむろに）
　　　　　　　　　　彼女は　ヴァランセを
　　　　　　　　　　きりわける
　　　　　　　　　　（思索的に）
　　　　　私は　アスパラを
　　　　　きりわける
　　　　　（とまどいながら）
　　　　　　　　　　彼女は　サン・ジャックを
　　　　　　　　　　きりわける
　　　　　　　　　　（てがみを　かくように）
　　　　私は　こひつじのソテーを
　　　　　きりわける
（あたかも　わたしが　つくったように）
　　　　　　　　　　彼女は　クグロフを
　　　　　　　　　　きりわける
　　　　　　　　　　（平静を　よそおって）

　　　　　きりわける

　　　　　　　　　きりわける

　　　　　きりわける
　　　（まだ　みぬものと　とけあうように）

<u>わたしの　からだ</u>

　　　　まるい　おひさまの
　　　　フライパンで　やかれる
　　　　ホットケーキは
　　　　分度器の　まるみ

　　　　まるい　おさらの
　　　　ホットケーキから　うまれる
　　　　ひとかけらは
　　　　三角形の　するどさ

月の　まるみは
キャノチエの　まるさ
シンバルの　あつさ
円盤の　はやさ
惑星の　ながさ
銀河の　ふくらみ
つながる
いきづく
かたちづくる
ゆびさき
つまさき
かみさき
まとまり
はなれる
なだらかな
つらなり

呼吸する
わたしの
からだ

セルフ・ポートレイト

水晶は　とけると
いしだたみは　ぬれて
結晶片岩は　かたまり
のうさぎは　あなのなか

シードルのびんは　くだけると
グレイのそらは　傾斜して
電話のベルは　けたたましくなり
クロスグリのジャムは　地下室のなか

裁縫道具は　ちらばると
さめた紅茶は　ながされて
ひとりきりは　かなしくなり
真実は　モノクロフィルムのなか

空腹は　みたされると
あまだれは　うたいだして
あたらしい帽子は　ふるくなり
とりのこされたのは　いつかのわたし

<u>ウクライナの えんどうまめ</u>

あさ は ビスキュイ
かんづめ の えんどうまめ
かんきり と タクトストック
むね を つらぬく 黒海 の いぶきよ

《 まったく
　　この あたりの ことば ときたら
　　ほそながいもの を なんでも
　　バゲット と いうの ですか！？ 》

マエストロ は ほそながい あくび を ひとつ
《 ねう ねう 》
そう いうと
しろがねの タクトストックを きらきら ほうりなげた

58

ゲラを先読みした 読者の方々から
「本のたんじょうに たちあおう」

~ 読んで、感じたこと ~

ページをめくるごとに映像が広がりをもって思い浮かびます。読みすすめていくと、添えられた絵が動きだし、さらに作品の世界が広がっていくようです。
絵が添えられた物語は、映像イメージがどうしても限定されて狭まりがちと思っていましたが、この本は違います。
作者によって丁寧に丁寧に選ばれたと感じる言葉と、その世界に寄り添って表現された絵は、お互いに無くてはならないような、この本の作者と画家の方だからこそ創り上げられる、独特の美しい世界です。
読んでいる間は別世界へ誘われるという〈読書〉の心地よい体験が、あらためて愛おしいと感じました。　　　　　（30代/女性）

※上記は寄せられた感想の一部です※

白鳥博康 文　もとやままさこ 絵
『ぜいたくなあさ』
銀の鈴社刊

読者と著者を直接つなぐ

刊行前の校正刷り（ゲラ）を読んだ、「あなたの声」を一緒にお届けします！

★ 新刊モニター募集 （登録無料）★

普段は読むことのできない、刊行前の校正刷りを特別に公開！

登録のURLはこちら ▶ http://goo.gl/forms/rHuHJRiOKl

Facebookからは、以下のURLより
「銀の鈴社 新刊モニター会員専用グループ」へ

https://www.facebook.com/groups/1595090714043939/

1) ゲラを読む 【ゲラ】とは？……本になる前の校正刷りのこと。

2) 感想などを書く

3) このハガキに掲載されるかも!?

―――― ご愛読いただきまして、ありがとうございます ――――

今後の参考と出版の励みとさせていただきます。
（著者へも転送します）

◆ 本書へのご意見・ご感想をお聞かせください

◆ 著者:白鳥博康さんへのメッセージをお願いいたします

※お寄せいただいたご感想はお名前を伏せて本のカタログや
ホームページ上で使わせていただくことがございます。予めご了承ください。

▼ご希望に✓してください。資料をお送りいたします。▼

□本のカタログ　□野の花アートカタログ　□個人出版　□ 詩・絵画作品の応募要項

郵便はがき

恐れいりますが
切手をお貼りください

248-0017

神奈川県鎌倉市佐助 1-10-22

㈱ 銀の鈴社

『ぜいたくなあさ』

担当 行

下記個人情報につきましては、お客様のご意見・ご要望への回答ならびに銀の鈴社書籍・サービス向上のために活用させていただきます。なお、頂きました情報につきましては、個人情報保護法に基づく弊社プライバシーポリシーを遵守のうえ、厳重にお取り扱い致します。

ふりがな	お誕生日
お名前 （男・女）	年　月　日

ご住所　（〒　　　　　　）　TEL

E-mail

☆ この本をどうしてお知りになりましたか？　（□に✓をしてください）

□ 書店で　□ ネットで　□ 新聞、雑誌で（掲載誌名：　　　　　　　　）

□ 知人から　□ 著者から　□ その他（　　　　　　　　　　　　　　　）

★ Amazonでご購入のお客様へ　おねがい★
本書レビューをお願いいたします。
読み終わった今の新鮮な気持ちが多くの人たちに伝わりますように。

"おおいなる ケンタイ ね"
彼女は そういうと ピッコロ を しまいはじめた

ケンタイ？？
あぁ たしかに 剣帯に つるされた レイピアは ほそながい

"このままだと あしたから
　エクレール も バゲット・クレーム よ"
彼女は そういうと ファゴット を しまいはじめた

ホールを でた 私は
グロッケンシュピーレンの バゲットを
まひるの そら たかく おもいきり ほうりなげてみた

よる は えんどうまめ
かんづめ の えんどうまめ
かんきり と タクトストック
しおかぜ を つきさす フォルシェット の みどりよ

マップピン
───────

わたしが トラムに かけこむと
カンカンと かねが なって トラムは はしりだした

だれもいない 車内で かげ が うごくと
バリケードに されてしまった トラムの ことを おもいだした

カンカンと かねが なって トラムが 停留所に とまると
ちいさな女の子が のってきて はすむかいの せき に すわった

彼女は かたかけカバン から
おおきな地図帳を とりだして
ひざのうえに ひろげると ピンを つきさしはじめた

するどいピンの まるいあたまは いろ とりどり

ルージュ ブル
　　オランジュ ヴェール
　　　　　　ジョーヌ ブラン……

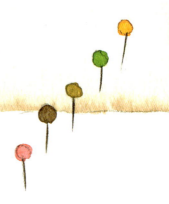

カンカンと　かねを　ならす　トラムの　なかの　ポスターは

《"レクスポジシオン・ドゥ……"
　　　　　おんなのこ　の　あたま！？》

彼女は　ていねいに　ピンを　とりだして
ポスターの　なかの
男たちの　あたまや
バーカウンターに
ひとつ　ひとつ
いろ　とりどりの　ピンを　つきさした

《あぁ……　あはれ……
　エドワード・ホッパー　あはれ……》

カンカンと　かねが　なって　トラムが　停留所にとまると
彼女は　わたしに　ほほえんで
ピンの　ささった　地図帳を
りょうてで　水平に　はかりながら
ひらいた　ドアから　でていった

カンカンと　かねが　なって　やっぱり　トラムは　はしりだした

おわらないテルミドール

Calendrier républicain

7月1日

みせを　あけた　ばかりの　パン屋で
紙に　つつまれた　サンドウィッチを
うけとると　えのぐの　はいった
かばんに　いれて　あるきはじめる

まだ　すこし
うとうと　している　まちで

アトリエから　うみまでの
みじかい　みちで

わたしは　いくつの　ことばで
あいさつを　しただろうか

"よい　いちにち　を"

いま　ここに　いる
わたしと　あなたは
みじかい　ことばで
わたしたちを　たしかめる

はまべに　すわる　わたしの　うえを
おおきな　旅客機が　とおりすぎる

この　うみの　むこうに
あおい　みやこが　あるという

いま　わたしたちは
２０１６年　７月　１日

ヤシの木の　かげは　すずしい

アルミニウムの　パレットに
かたまった　あかい　えのぐと
１００ねん　まえが　まじわる

なみうちぎわ　おんなのこが
おかあさんと　あそんでいる

サンドウィッチを　つつんでいる紙に
チーズの　あぶらが　しみて
まだらに　なっている

"わたしたちの むくろは
 つみあげられて
 そらへ とどく 塔が
 つくられて いるのです"

だれが いって いたのか
おもいだせないし
そんな うわさも きいたことがない

わたしは
おもいだすことが
にがてだから
ことばと からだで
こばみ あらがい
あらわし つづける

るり色のビン

私は 筆を あらう 水が ほしくて
るり色のビンに ゆび を のばした

いつも なんかいも くりかえしてきた こと

えのぐの ついた ラベルも はがれた
バルサミコの はいっていた るり色のビン

でも　いま　私が　つかんだ　ビンは
いつもと　なにか　が　ちがっていた

ビンの　なかで　なにか　の　きしむ音が　する
（そう　きっと　気のせいよ）

みなれた　よごれた　るり色のビン
（"深淵を　のぞいて　みませんか？"）
うしろから　だれかの　声が　きこえる

るり色に　ふちどられた
くろくて　まるく　ひらかれた　ちいさな　くち

そこの　みえない　ふかさに　気を　とられていると
ちいさな　くちは　みるみる　ひろがって
アトリエの　ゆかは　おおきな　あなに　なり
ふきあがる　つめたい　かぜが　私の　かおを　なでる

（どれくらい　ふかいの　かしら）
のぞきこむと
からだが　ひきこまれそうになって
バランスを　くずしかけると
ドアをノックする音が　きこえて
おもわず　てを　はなすと
るり色のビンは　くだけて　しまった

私が　ドアを　あけると
したに　すんでいる　管理人が　いた

"こんにちは　いま　おおきな　音がしたけれど
　なにか　あったのかしら？"

"あぁ……ビンを　わってしまって……
　おどろかせてしまい　すみませんでした
　それで……なにか　ごようですか？"

"そうそう　あなたあての　手紙
　私のところに　まぎれていたから　もってきたのよ"

"それは……わざわざ　ありがとうございます"

"どういたしまして
　それより　あなた　自転車レースは　すき？
　私は　だいすきなの　まいとし　みてるわ
　とくに　ペダルを　こぐ　あしが…………"

私が いつ ドアを しめたのか
彼女が いつ したに おりたのか
あやふやな まま 私は イスに すわっていた
(自転車レース？ 私は すきじゃない)

車輪は まわる 回転する
めの まえを とおりすぎていく 自転車の むれ
プロペラは まわる 回転する
めの まえを とおりすぎていく 飛行機の むれ
弾は まわる 回転する
めの まえを とおりすぎていく 鉛の むれ

ひとつ ひとつ おいつけない

("速度の さきにこそ 明日が あるのです")
　うしろから だれかの 声が きこえる

はやさが 私を 不確かにする

私あての　手紙は
風車小屋の　ともだちから
(消印は　アンティーブ)

《……それから　このあいだの　ひどい嵐が　すぎたあと
　あさ　はやく　はまべを　あるいていたら　きしべに
　おおきな船　が　うちあげられていて　とても　おどろいたわ
　人（だったもの）　と　　船（だったもの）……
　まるで　メデューズのいかだ　が
　めの　まえに　あらわれたみたいで　それはもう……》

私は　すきとおったグラスに　パスティスと　水を　そそぎ
しろく　にごった　ところを　ひとくち　のむと
くちの　なかが　ざらざら　する
("うちあげられたのが　あなたでないと
　　だれが　証明　できるの　でしょう？")
うしろから　だれかの　声が　きこえる

クラッカー　ジンソーダ　おわらない海　かもめたち
いさましい船のり　カクテルパーティー　イヴニングドレス
さける船　せまる水　さけび　なみだ　いのり　しずけさ

74

るり色の　かけらは　ビンだった　もの
私と　いまを　とりもち　つなぎとめる　もの

("いちまいの紙の　うらおもて
　　ひきはがすこと　かないません
　　ゆめゆめ　お忘れ　なきように")
うしろから　だれかの　声が　きこえる

それ　本気で　いってるの？
だとしたら　とても　"かわいそう"な人ね

私は　ビンのかけらを　ひろいあつめて　かたづけた
みどり色の　鉱泉水が　はいっていたビンは
私の　あたらしい　みずさし
あらわれた　ふでは　なにごともなかったように
私の　あたらしい　かたちを　あらわしはじめた

おわらないテルミドール

まぶたは　きらめく　ランプシェード
灯台と　おきあいの　ふね
けだるさに　てを　ひかれ
わたしも　アトリエも　オレンジに　しずむ

グラスの　こおりは　ゆるやかに　とけて
すきとおった　まくが　オレンジの　うえに

みんなが　よいことを
しようと　おもう
こころの　さびしさを
だれもが　とめられないままに
あふれ　はじけ　まとわりつき
パンくずの　ひとかけらですら
もう　そのままでは　いられないほどに
ひろがり　しみわたり　かたまり

わたしは　それが　ゆめで　あると
しんじたいほどの　つめたさも
あたたかいと　おもう　ものどもの
こころ　ひとつ　ひとつを　とかしてしまい
とめどなく　おおきくなり　おおいつくされる

いま
こよみの　うえでは　テルミドール
ねつを　おびた　月

ひまわりが　のびるのは
くさりはじめる　きざし

おわりの　みえない　テルミドール
フリュクティドールで
あたらしい　とし　ヴァンデミエール

でも
ぶどうを　そだてるひとたちは
みんな　どこかに　きえてしまい
はたけの　ぶどうは
だれにも　つみとられない　まま
うちすてられる　ことになる

"とまった　時間　ほど
　ながいものは　ありませんよ"

よふけの　カフェで
わたしに　そう　いった　ひとも
わたしが　シガレットに　火を
つけている　あいだに
のみかけの　グラスを
のこしたまま　きえてしまった

そう
この　あつさと
みじかい　よるが
すべての　うごきを　とめてしまう

かわを　へだてた　溶鉱炉で
なにが　とかされているのか
だれも　しらない

いつのまにか
ここちよい　うみかぜは　やみ
やけつくような　空気が
うつくしい　みどりの
よろいまどから　しのびこむ

まよなかに　おぼえる
からだのしびれ　と　いきぐるしさ

ランプシェードの　オレンジは
じっと　だまって　わたしを　てらす

わたしは　わたしを
オレンジに　しずめ
みみをすまして　いきつぎを　まつ

みつの しずくの ともしび

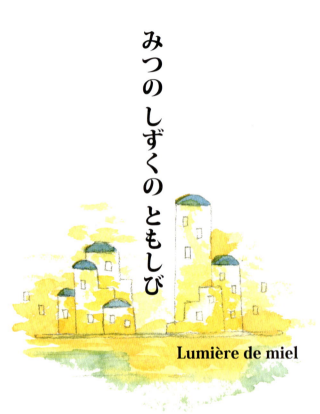

Lumière de miel

ひが　かたむきそうな　ころ
おんなのこは
ろうそくを　つけた
ひとつ　また　ひとつ
となりの　いえの　おんなのこも
その　また　となりの　いえの　おんなのこも
ひとつ　また　ひとつ
ろうそくを　つけて　まわる
しろいまちは　ろうそくの　あかりで　うかびあがり
もうすぐ
たいせつな　よるが　はじまる

わたしは　みずを　ただよう

ここが　どこなのか
いつから　こうしているのか
たまに　あたまを　かすめるけれど
それは　すぐに　みなぞこ　ふかく
からだと　ともに　しずんで　しまう
（いま　だって　そう）

みずの　なかの　いきものたち
ひると　よるの　みなもの　きらめき
こころが　みたされると　うたが　あふれる

うきつ　しずみつ
わたしと　うたは　ながされる　まま

あさの　ひかりが
ひたいに　あたるころ

だれかが　わたしの
せなかに　ふれた

たくさんの　うで？

だれかが　わたしを
みなもまで　おしあげようとしている

さかなたちも　みちを　ゆずり
だんだん　ちかづいてくる
おひさまの　まぶしさに
め　が　いたくなった

"こんにちは
 ちいさな オンディーヌさん
 さぁ おのりなさい"

ゴンドラに のった 彼女は いった

わたしは 彼女の うでに
ひきあげられて ゴンドラに のった

ひさしぶりの みずの そとは
からだが とても おもく かんじる

"おどろかせて しまったかしら
 みずの そこから きこえてきた
 あなたの うたが
 とても すばらしかったから
 すぐ そばで
 うたって ほしかったの"

うつくしい こえの 彼女は いった

わたしは　どうしていいか
わからなくて　こえが　つまった

"あら　びっくりして
　こえが　でなくなって　しまったのね
　ごめんなさい
　そんな　つもりは　なかったのだけれど……
　おわびに　みずの　うえを
　ゴンドラで　みて　まわりましょうか"

うつくしい　ひとみの　彼女は　いった

"アルギエーリさんも　のせたことがあるのよ"

彼女は　ゆるやかに　かいを　うごかすと
ゴンドラは　しずかに　すべり　はじめた

あおい みずの うえを ゴンドラは すべる

"ねぇ オンディーヌさん
 みずの うえも すばらしいでしょ？
 もうすこし かぜを きって みましょうか"

わたしたちを のみこもうとする なみを
矢の ように つき
からだに ふれる
みずの ひとつぶ ひとつぶは
とても つめたい

ゴンドラが いわばに さしかかると
からだの とけて しまいそうな
うたが きこえてきた

うたいて たちは
いわの うえに すわっている

"こんにちは　ゴンドリエーラ
　まぁ　なんて　かわいらしい　オンディーヌ
　みずの　そこに　しずめて　しまいたいわ
　わたしたちの　うたを
　ゆっくり　きいて　いきなさいよ"

"あぁ　シレーヌ
　ゴンドラは　ふねでは　ないのよ
　みなみの　ほうに
　おおきな　ふねが　はしって　いたわ
　そちらで　うたっては　どう？"

"あら　そう
　じゃあ　わたしたち　そっちにいってみるわ
　オンディーヌ　また　あいましょうね
　つぎは　ゴンドラよりも
　ふねが　いいと　おもうわ"

シレーヌたちは　みずに　とびこむと
あっというまに　きえて　しまった

彼女は　ゆるやかに　かいを　うごかすと
ゴンドラは　しずかに　すべり　はじめた

あおい　みずの　うえを　ゴンドラは　すべる

なみまに　いわの　そりたつ　しまが　みえた

あかるい　みずの　うえに　その　しまだけ
よふけの　ように　しずまりかえって　いた

"あの　しまは　たましいが
　かえって　いく　ところの　ひとつよ"

彼女は　ゴンドラを
しまに　ちかづけながら　いった

とまっている　ちいさなボートから
ラッパをもって　スモーキングを　みにつけた
おとこのひとが　しまに　おりた
彼の　かおは　とても　みちたりている

"あなた　ここに　ひきつけられているのね"

ゴンドラを　とめて彼女は　いった

"この　しまは
　とても　こころが　やすらぐ　ところよ
　でも　いちど　あしを　ふみいれると
　にどと　こちらがわに　もどれないわ
　いくら　あなた　でもね"

彼は　いわに　のぼると
たからかに　ラッパを　ふきならした
その　おとは
うつくしい　おんなのひとの　うたごえ

彼女は　ゆるやかに　かいを　うごかすと
ゴンドラは　しずかに　すべり　はじめた

あおい　みずの　うえを　ゴンドラは　すべる

なみま　から　あらわれた　しまは
くもの　ように　しろい　まちを　いだいている

しずかに　かいを　おいた　彼女は　なにも　いわなかった

ゴンドラは　ただよい
そらは　よるを　むかえるために
オレンジの　シーツを　ひろげはじめる

ひとつ
ひとつ
しろい　まちに
ゆっくり　まばらに
ろうそくの　あかりが　ともり　はじめた

ひとつ
ひとつ
しろい　まちは
火のいろに　そまると
よるの　あおさが　くっきり　うかびあがる

彼女は　ゆるやかに　かいを　うごかすと
ゴンドラは　しずかに　すべり　はじめた

ほしあかりの　なかを　ゴンドラは　すべる

あぁ
みずの　うえと
みずの　そこが
つながり
なげだされ
とけだして
あふれる
わたしの
うた

あさやけの みずの うえを ゴンドラは すべる

"とても うつくしい うた だったわ"

わたしに せを むけたまま 彼女は いった

"じつはね
 あなたを さがしている ひとが いるの
 いまから その ひとの そばまで いくけれど
 き が むかなければ
 もといた ところに かえりましょう"

すこし つめたい こえで 彼女は いった

わたしを　さがしている　ひと？
そんな　ひとが　いるとは　おもえない
わたしは　ずっと　ひとりで
みずの　そこを　ながれていた

それに
みずの　うえは　すこし　つかれるから
わたしは　もといた　ところに　かえりたかった

“もういちど　あなたの　うたを
　きかせて　もらえないかしら
　わたしの　さいごの　おねがいよ”

すこし　ひくい　こえで　彼女は　いった

かすかに　うみどりの　なきごえ

わたしは　たちあがると
すこし　せなかを　のばして
おおきく　むねを　ふくらませた

"……マリー ……マリー!"

はまべから おおきな こえが きこえる

ふくが ぬれるのも かまわず
としを とった
おんなのひとは こちらに あるいてくる

おぼれる!

わたしは おもわず
ゴンドラから とびだした

"マリー! あぁ かみさま……"

"わたしは マリーじゃないわ"

"その こえ この かお
　いなくなって しまった ときのまま……
　わたしは としを とって しまったけれど
　あなたは なにも かわって いないのね"

(わたしは マリー? それは だれ?)

"みんな あなたは しんでしまったと いったわ
 でも わたしには わかっていたの
 あなたは いきているって
 だって うみから
 あなたの うたごえが いつも きこえていたから"

"ねぇ おばあさん きしに もどりましょう
 ふくが ぬれると かぜを ひいて しまうわ"

わたしは としを とった おんなのひとを
かかえるように きしへ むかって あるきはじめた

わたしが うしろを ふりかえると
彼女は ゆるかに かいを うごかして
ゴンドラは しずかに すべり はじめた

ムーラン・ア・カフェ

Ligne de partage des eaux

つたう いわはだ

みずの わきいづ

ゆびに ふれて

ぎんの ふちどり

ゆきの とけて

かわは にごり

やぎに こどもの

めぶく ことば

そそぐ あしたに

つながりゆく　まち

まなつの　ひざしの　ちからづよさ
きの　かげに　ねむる　いぬたち

わたしの　とけいは　１３じ

"この　くにの　ワインは　いかがですか？"

"それでは　いただきましょう"

のどの　おくが　あおく　なるのは？

マツヤニの　かおり　と　いう　彼女の
みみたぶが　あかく　なっている

みみたぶが　あかくなると

あめが　ふる

でも

地中海性気候は

あめが　すくない

ひに　やけた　すあしを　偏西風が　かすめる

むねの　どこかに
マツヤニの　かおりが　ひっかかる

たとえば
まよなか　コーカサスの　うえ

すなわち
まばらな　あかりが　みえた　とき

それとも
むしに　さされた　うでの　あかさ

あるいは
よみきれない　ながすぎる　ものがたり

それなら
ひの　くれない　にわの　ハーブたち

もしくは
テーブルに　あふれる　ザクースキ

ただし
イクラは　のぞく

だとすると
あたたかい　ウハー

または
つめたく ひやした ボールシ

それから
まっしろな スメタナ

そのうえ
きざまれた あざやかな あおい ディル

つまり
マツヤニと ディルの かおりは にている!

すると
いしづくりの しろい まちに
ぽつぽつ
あめが ふりはじめた

つめたい　ケトル

火に　かけられた　ケトルが
カリカリ　神経質な　おとを　たてる

たちどまった　ままの　ペンさきは
しびれ　を　きらし
ところ　どころ
インクが　にじみ　はじめて
とめられない

(ベルリンでの　演奏は　すばらしかったわ……)

(これからの　サンモリッツは　すごしやすい……)

(列車の　切符を　とらなければ……)

かかなければ　ならないのは
　──こんな　こと　では　ない

かきそこなった　レターペーパーを　おりたたむと
おおきな　イルカの　なきごえが　きこえて
あわてて　まどの　そとを　みると
つよい　あめで　まっしろ
きっと
彫刻された人間の　さけびと
きき　まちがえたのだ

もう　お茶も　のみたくなくなっていて
やけつきそうな　ケトルの　火を　とめる
——６０秒で　どれくらい　ひえるのだろう？

まどの　そとは　あめで　まっしろ
まなざしは　うつろう
あおい封蝋
アーモンドのはな　から
つめたいケトル　へ

ムーラン・ア・カフェ

レフの　いえに　いくと
おおきな　コーヒーミルが　おいて　ありました

こどもの　せたけほどは　あった　でしょうか
おおきな　ハンドルを　グルグル　まわして

まいあさ　コーヒー豆を
こなごなに　くだくの　でしょう

その　となりには

おおきな　くつが　おいて　ありました
レフが　てづから　つくった　そうです

あんまり　おおきすぎて
わたしの　こし　まで　はいり　そうです

せっかく　レフの　いえ　まで　いったのに

コーヒーミルと
おおきな　くつが

おいて　ある　ばかり

レフは　おりません　でしたので
早々に　おいとま　して　しまいました

アンプレッション

シェーヴルの しろさ
ほどいて
かみ
おび
みどり
ドウロ川
ひとみ
のど
て
せき
なみだ
いさかい
ふるえ
こえ
アンシェヌマン
むすびつき
わきおこり
たかまり
ゆらぎ
とぎれ
はね
は
かろやかに
たちどまり
だきしめる。

オートマタ

《わたしの　なやみを　きいてください》

占星術師の　リュシエンヌに　よると
"月はあかるい
　けれど
　霧がこくて
　なにもみえない
　でも
　だからこそ
　存在の輪郭は
　一層　はっきり
　し　はじめるのです"

なるほど
的確な　おとめ座の　タロットカード

また
天文学者の
マドモアゼル　リュミエールに　よると
"つまるところ
　宇宙とは
　タジン鍋の　なかの　トマトの
　ような　ものです"

なるほど
いいかえれば
ゆうなぎの　ラクダの　シエスタ

はるかなり　あめつちの　ことわり

そのころ　地球は
水平線に　よこたわる
キリンの　みみと　みみの　あいだの　ぴこぴこ

ガムランの　ねいろが　ただようと
バンブーに　つめて　たいた
ライスは　とりあつかいに　注意が必要な
オリエンタリズム

そんな　核シェルターの　なかにある
レストランは　ヌーベルキュイジーヌ
加速する　オーダーに
シェフの　アンは
"パ・ドゥ・プロブレム（無問題）
つぎは　飛行船に　出店を　予定しています"

なんと　ちからづよい　ことば

リセの　ともだち
クロエは　女神に　なり
タチアナは　マトリョーシカに　えがかれ
アリスは　詩人に　なった

わたしに　とって

さえた　パスティーシュ
（それは　母　だった）
深刻な　バスク風　中折れ
（それは　父　だった）

でも　すべては　すぎた　こと

わたしは　これから
パジャマに　きがえて
ベッドに
はいります

きっと
日曜日の　新聞で
みなさんに
おめにかかれる　ことでしょう

アルタルフ

ピアノを　ひくと
はしりだす　馬車は
アンダルシア　から
ペテルブルク　まで
ひといき

すきとおった
びんづめ　の　キノコ
て　を　のばすと
かぜ　が　たち
ピアノは　やむ

わたしは　あるく
しらない　ダーチャ

すると
彼女は　とばされた　キャノチエを
ひろいあげて　ななめに
かぶりながら
ゆっくり
あるいて　くる

ひかりを　つかむ
ゆびさきの　たわむれ

あしの　つかない
みずうみ

モスリンの　ドレスの
てざわり

フルートの　かなでる
4分音符

みんな　みんな
とじこめて　しまいたくなる

きまぐれな
モンスーンの
いざない

かたを　すべる
スコール

まばたくと

わたしは
わたしが
いくつにも
わかれゆくことを
おぼえる

かたうでは
ピレネーの　いただき

かたあしは
マリアナの　そこ

心臓は
かに座の　アルタルフ

でも
ながい　かみは
まだ
かわいて　いない